KB092205

애절한 들꽃 사랑

임주영 시집

시음사
시사랑음악사랑

시인의 말

세상을 알고 누군가 불러주는 소리에 귀를 기울이고, 먹고, 자고, 일어나고 인간으로서 개념을 깨우쳐간다.

4살 된 어린아이는 산사의 풍경소리와 자연 속에서 천수경 한 권과 염주 알을 굴리며 어린 시절을 보냈다.

눈에 보이는 현실 속에서는 모자라지 않는 아이로 잘 자랐지만, 문명의 길을 알지 못해 다람쥐 쳇바퀴 돌듯 제자리걸음만 하며 최선을 다했다.

어린 시절엔 마음 편하게 살아가는 길만 내 길이라 생각했다.

어른들이 살아가는 세상을 어린 나이에 점점 익숙한 듯 살아왔지만, 아직도 길을 잃고 헤매는 나그네처럼 몰라서 못 걷는 길이 있고 어려워서 못 걷는 길이 있다. 조금 일찍 그 길을 알았다면, 조금 일찍 방법을 알았다면 뒤돌아보며 살아온 시간에 연민도 느끼지만,

그 시간 이후 나는 세상을 아름답게 살아가는 방법을 깨우쳤다.

길을 모르면 알려주고 좋은 정보가 있으면 함께 공유하며 더불어 살아가는 삶.

모든 사람과 함께 웃고 사랑하며 살아가는 세상, 내 가진 것을 손해 보더라도 나눠주며 살아가는 삶이 세상에서 가장 향기롭다고 생각한다.

시집을 내면서 우리 독자님들이
읽어도 어렵지 않고 쉽게 가슴에 와 닿을 수 있는 따뜻한
햇볕처럼 정겨움 속에 살아가는 사랑 이야기를, 인생 이야
기를 담아보았다.
누구나 한 번쯤은 가슴 설레는 사랑을 하고 시린 눈물 흘리
도록 아픈 기억 하나쯤은 가슴에 묻고 살아간다.
꽃잎처럼 예쁜 사랑을 하는 독자님들과 함께 공감하고 나
눌 수 있다는 기쁨에 이 순간 감사하고 행복하다.

시인 **임주영**

♣ 목차

♣ 목차

♣ 목차

♣ 목차

본문
시낭송
감상하기

QR 코드 스마트폰으로 QR 코드를 스캔하면
시낭송을 감상할 수 있습니다.

제목 : 몽당연필
시낭송 : 김지원

제목 : 젓갈이 배추를 만났을 때
시낭송 : 김지원

시인은 자연을 이야기하고
시낭송가는 자연을 품었다.
글자는 날개를 달아 언어로 날고
소리는 자연에 눕는다.

몽당연필

깡마른 체구로
한 사람을 위해
글을 쓰고
마음에 그림을 그립니다.

시간이 흐를수록
작아지는 마음이
불안하지만
믿음으로 지켜 갑니다.

타오르는
그대를 향한 그리움
가슴 저린
하얀 밤을 글로 써 내려갑니다.

내 육신이
닳아 없어진다면
서툰 글을
당신이 읽지 못할까 두렵습니다.

제목 : 몽당연필
시낭송 : 김지원
스마트폰으로 QR 코드를 스캔하면
시낭송을 감상할 수 있습니다.

내가 떠나기 전에

내가 떠나기 전에
나의 가장 예쁜 모습에
삶을 살아가는 시간
당신과 함께하고 싶다

내가 떠나기 전에
나의 아름다운 미소에
힘들고 지친 마음을
감싸주고 사랑하고 싶다

내가 떠나기 전에
향긋한 입술 사이로
포근한 말 한마디
당신에게 전해주고 싶다

내가 떠나기 전에
환희의 기쁨을 만끽하는
세상에서 가장 근사한
당신의 미소를 보고 싶다

내가 당신을 사랑하기에
늘 한결같은 마음으로
마음을 알아줄 수 있는
가장 좋은 여자로 살고 싶다.

달팽이 사랑

그날도 비가 내렸지
하염없이
그대를 처음 보던 날
초라한 내 모습
들킬까 봐
애써 감추려 하고
차오르는 두근거림에
두발에 힘을 주고
눈동자조차
맞추질 못했었지
심장이 고장 났나 봐
그날 이후
그대 생각에
잠 못 이루고
이렇게
비가 내리는 날엔
무거운 등짐을 지고
그대 향기를
느끼고 싶어
길을 떠나곤 하지
오늘처럼 비가 오는 날엔.

효과 있는 치료제

매일 떠오르는 모습을
그리워하는 사랑이다

가슴 조여 가며
참아줄 수 있는 사랑이다

불만스러운 일들도
만족스러운 게 사랑이다

가장 싫어하는 일을 해도
행복해지는 게 사랑이다

함께 하고 있다는 이유로
기다릴 수 있다는 이유로
기쁨을 줄 수 있는 사랑

사랑은 아픔도 치료해주는
가장 효과 있는 치료제이다.

관심

감사합니다
부어오른 다리를 잡고
내려오는 나에게
위로가 되는 문자

무겁던 어깨가
날개를 달고
마음을 달래주는
그대의 전화 흔적

마음속에
가득 채운 관심으로
지쳐있던 오늘을
잊을 수 있습니다

시간이 흘러도
그대에게 감사함으로
따뜻한 마음으로
사랑하렵니다.

그대 자리

낙엽 뒹구는 소리
그마저 쓸쓸했다

물이 흐르듯
이리저리 나부끼며
바쁜 시간 속에
행복의 색으로
진하게 물들었던 시간

찻잔이 식어간다

어제의 오늘이
과거가 된 지 오랜 시간
그대 자리는 비어있다

언제든 찾아오길 기다리며

기다릴 수 있는 사람 이기에

잠깐만 보았으면
부풀어 오르는
가슴을 움켜쥐고
그를 기다리는 시간은 길다

서로를 보는 순간
장작불 타오르듯
뜨거운 열정이
요동치며 사랑을 불태운다

순간 미쳐도 좋다

영혼마저 익숙한 듯
흐르는 땀방울에
서로를 맡기듯
체온을 불태우며 오른다

호흡이 멈출 듯
심장이 달음박질하고
정상에 오른 산악인처럼
목청을 높여 소리친다

그리워할 수 있고
기다릴 수 있는
내 사람이기 때문에
이 순간이 모두 가능하다.

밤이 좋은 이유

어제 만난 밤이 찾아왔습니다
밤은 향긋함을 담고
밤새 토닥여 주곤 합니다

하루의 긴 이야기를
서로 나눌 수 있는 지금 이 시간이
저는 참 좋습니다

하늘 끝에 머무는 내음이
사랑하는 사람의 향기 같습니다

밤이 그리워지는 이유는
보이지 않아도
꿈에는 볼 수 있기 때문입니다

여백을 메워가는 글 속에
주인공은 오늘도 당신입니다

걱정 없이 밤을 지새우며
당신을 그리워할 수 있는 이 밤
사연을 담을 수 있어 좋습니다.

아름다운 길 세월 속에

아름다운 길을
세월과 함께 떠난다

가슴 가득 채워진
맑은 샘물로
해가 떠오르고
해가 서산으로 질 때도
생각만 해도 웃음이 난다

안타까움 속에
애잔한 기쁨이 있고
간절함 속에
애처로운 그리움으로

바람이 차다
마지막 남긴 잎새 하나
떨구지 말고 스쳐 가기를.

이 밤도 등불이 되어줄 그대

불빛이 커져가는 밤
소리 없는 침묵만
가득 흐르고 있을 때

가슴속에 스며드는
여울물 노래

산등성이
깊은 골짜기 별빛에
꿈을 그리며

두 눈을 지그시 감고
불빛처럼 밝게
타오르는 내 마음
메이는 그리움 속에
나를 묻고
당신을 그리는
향기로운 꽃잎

같은 하늘 아래
이 밤도
내 가슴에 등불을
밝게 켜주겠지.

여명

오랜 시간이 흘러
대지 위에 어둠이 찾아오고
시간이 흘렀지만
그의 목소리는 따뜻하다

썰물 같은 생각들이
머리를 휩쓸고 가지만
레일을 벗어나지 않고
향기로운 숲처럼 편안하다

얼마나 시간이 흘러갔을까?

한참이 지난 뒤에
미안한 마음에 다가서는
내 마음을 감싸주며
나를 기다려주는 사람

밝아오는 여명처럼
외로운 내 마음에
오늘 신비롭게 다가와
향기로운 빛이 되어 주었다.

처음에 느낀 설레임

살얼음이 팽이 치고
푸름이 사라진 지 오래
12월 중순이 넘어갈 무렵
처음 보았던 당신

고목처럼
육신이 마비되듯
마음이 굳어버리고
꿈마저 희미해져 가고 있었다

가슴 한복판에
꿈틀거리며 생기를 찾고
심장이 요동치며
또 다른 나를 발견한다

물 따라 흐르는 시간 속에
당신에 그림자가 되어
당신 곁을 지키는 이 순간
처음에 설렘은 행복을 안겨주었다.

그리움이 신음소리를 낸다

신사임당처럼
요염한 자태로
수중궁궐 끝자락
긴 한숨에 새벽이 온다

이슬 맺힌 사연도
머물러 서 있던 구름처럼
어디론가 여행을 떠나듯
쉬이 스쳐 지나 간다

보고 싶다
그런 그리움을 전하고
가슴 한복판은
또다시 눈물이 흐른다

까칠한 입맛으로
잠 안 오는 밤
지새우는 여인은
그리움에 앓는 소리를 낸다.

텅 빈 가슴에 빛바랜 추억

휑한 바람 사이로
향긋했던 이슬비에
조금씩 스며들어
온몸을 자극하며 젖어 들었다

다정하고 순한 모습
진실한 눈동자에
추운 겨울은
마지막이라 생각했었다

삶에 끝 기로에서
서투른 표현으로
가슴을 열어
외로움을 함께 하고 싶었다

흔적 없는 기다림에
심장은 빠르게 요동치고
머리는 하얗게
살갗을 파고들었다

시월의 어느 날
삽교호 빛바랜 추억처럼
언젠가 내게도
새봄이 찾아오겠지.

이슬이 햇살을 기다리는 이유

밤새 춥지 않았니
잠에서 깨어난
눈동자마저
맑은 호수처럼 빛난다

푸른 잎 베개 삼아
부스스 일어나
햇살에 눈 부심에
살을 비비며 얼싸 안는다

소슬바람이
언덕을 넘어 스칠 때
호흡은 거칠어지며
서로는 사랑을 확인 한다

밤새 춥지 않았니
설레설레
고개를 흔들며
내가 너를 기다리는 맘이야.

끝없는 사랑으로

당신을 선택하기까지
많은 시간이 흘렀습니다

가슴에 묻은 소리 없는
짝사랑으로 시작 했습니다

당신이 내게 왔을 때
세상을 다 얻은 기분이었고

이제 당신을 마음껏
사랑해도 될지 묻고 싶습니다

이제 당신을 마음껏
의지해도 될지 묻고 싶습니다

금방이라도 돌아서 갈까 봐
가슴이 조마조마 합니다

서로 욕심 안 부리는 마음으로
오래오래 사랑했으면 좋겠습니다.

오늘 같은 날

내 삶의 뜨락에 겨울이 와도
깊은 상처 안고
아픈 세월 속에 살아도
오늘 같은 날이
영원할 수 있다면
한 번쯤 또다시 살아보고 싶다

그대가 있기 때문에.

마중물

쉽지 않을 거라
처음부터 생각했지만
꼭 필요한 사람이고
진실한 마음이 보였다

힘차게 끌어올려
내 마음 깊이 큰물 길을
일으켜 세워
더 큰 사랑이 찾아왔다

말라버린 내 심장에
촉촉이 젖어 드는
물에 무게가 느껴지면서
내게 꼭 필요한 마중물이 되었다.

그리운 그대

아무도 모르게 살짝
마음의 깊은 곳에
비밀 문을 만들어 놓고
그대를 그리워했습니다

귓가엔 날 부르는 소리
눈가엔 해맑은 눈동자
입가에 따뜻한 말 한마디
나에게 들립니다

까만 밤을 지새우며
나를 향해 반짝이던
그리움을 가득 채우고
오늘 밤 그대에게 가렵니다.

나 어떻게 해

하루 종일
네 생각만 했어
하늘과 땅 사이로
공기 사이까지
너의 모습만 둥둥 떠 있고
잠시라도
잊어보려고 눈을 감았지
아 그런데 말이야
어두운 빈 공간을
꽉 채워버렸어
너의 모습으로
보고 싶은 마음이 간절해
나 어떻게 해.

늘 함께했다

그리움 가득 채운 채
일주일이 넘어갔다

목메는 외로움에
복잡한 일상에서도
가슴의 중심부에
자리 잡은 당신은
늘 함께 했다.

빛처럼 보낸
갈피 속을 벗어나
쉼터로 돌아가는 시간
재잘대는 아이들
속삭임에도
머릿속 가득 채운
당신 생각은
늘 함께했다

오늘도
그리고 내일도
함께할 것이고
미래의 내일은
청명한 가을빛이 되어 오리라.

지는 잎이 외로울 때

어제는 우울했어
하늘만 봐도
핑 도는 눈물이
시린 가슴 아프게 했지

말간 하늘도
촉촉한 대지도
그대로인데
시월만 되면 외로워진다

소슬바람이
스칠 때마다
안간힘으로 발버둥 치며
두 손을 꼭 잡는다

놓치기 싫어서
헤어지기 싫어서
손끝만 건들면
끝이 될까 두려워서

하늘의 숨소리

먼발치에서
바라만 보고 있는데
내 심장에서
그대 숨소리가 들린다

칠흑 같은 어둠 속에서
타오르는 더위에도
오늘처럼
소슬바람 부는 날에도

내가 잘살고 있으면
맑은 얼굴로
내가 못 살고 있으면
시커먼 얼굴로 화를 낸다

상황에 따라
늘 다른 모습이지만
나를 향한 마음을 알기에
내 심장에서 숨소리가 들린다.

3월이 오면

좋아 한다
새로운 느낌이
시간이 흐를수록
진한 향기가 난다

연초록 잎새에
꽃망울이 미소 지으며

입가에 맴도는
한 마디의 말

나는 너를 사랑 한다.

행복은 아주 가까운 곳에 있습니다

내 마음이 힘들 때
생각나는 사람이 있어 행복입니다

퇴근 후 반겨주는
가족이 있다는 것이 행복입니다

외로운 어느 날
찾아주는 벗이 있어 행복입니다

어두운 밤을 지새우고
아침을 맞이함이 행복입니다

우리가 살아가는 삶 속에
행복은 아주 가까운 곳에 있습니다.

소식

끊어지는 인연은 싫었다

잘 지내고 있다는
그 한마디가
감사했을 뿐이다

오랜 시간이 흘러가도

우리들의 행복

지치고 힘들었다
누군가의 위로가 필요할 때
뒤엉켜있는 내 삶을
바로잡아 준 사람이 있습니다

지금 내게 주어진 시간이
하루뿐이 없다고 하면
반은 내 아이들에게
반은 그 사람을 위해 쓰겠습니다

작은 시냇물 같던
내 마음이 큰 강물이 되어
유유히 흘러 흘러
당신 곁으로 다가갑니다

같은 하늘 아래
함께 호흡하며 산다는 이유로
세상을 다 가진 듯
행복을 느끼며 살 수 있습니다

오랜만에 하늘을 봅니다
저만치 멀어진 시간
그 속에 우리들 추억들이
지금의 행복을 만들었습니다.

사랑

살포시 내려앉은
새벽이슬에 호흡소리가
들리는 신비로운 아침
제일 먼저 생각나는 사람이 있습니다

지치고 힘든 내 어깨에
작은 솜털 같은
희망과 사랑을 주는
따뜻하고 고마운 사람입니다

돌아서면 보고파지는
그리움 가슴에 채워
시간이 흐를수록
소중함을 일깨워 주는 사람

잠재되어 있던 내 심장을
뜨거운 불꽃으로
활활 타오를 수 있도록
온 힘을 다해 아껴주는 사람입니다

끊임없이 흐르는 물처럼

시간은 재촉하듯 빠르게

흘러가고 있지만

우리 사랑이 영원했으면 좋겠습니다.

내 생에 마지막 사랑

내 마음속에 네가 자리 잡은지
오랜 시간이 흘렀다

네가 바라보고 있어도
네가 바라보지 않아도

나에 애절한 사랑은
늘 너를 그리워하고 있었다

네가 없는 시간을
혼자 살아가는 방법에 익숙해지고

나는 내 가슴에 너를 품어
내 생애에 마지막 사랑을 하고 있다.

너의 심장에 묻히고 싶다

마음이 마음대로 되지 않는다
욕심을 부리지 말아야지
하면서 욕심을 부리고 있다

지금 여기에서 만족해야지
하면서 마음을 잡고 놓지 않는다

너의 심장에 묻히고 싶다

소박한 그리움
지금 간절하게 그리운 너.

겨울아 멀리 가지 마

너의 목소리가 귓가에 들리고
나의 소식을 궁금해하고
언제든 달려올 수 있는 곳에서
날 기다려 주면 좋겠어

금방 봄이 올 거야
새순이 돋고 꽃도 피겠지
향기로운 입술로 유혹을 해도
나에겐 너 하나뿐인 거 아니

뜨거운 햇살 아래
너에 몸짓이 그리워지겠지
수평선 저 끝 하늘까지
늘 그대로인 모습으로 말이야

긴 시간이 지났는데
어제의 너에 모습 그대로
환하게 미소 지으며
내 곁을 지켜주는 좋은 사람.

미소

며칠을 못 본 그리움에
설레는 마음으로 만났다

눈동자만 마주쳐도 웃고
살갗만 닿아도 웃고
서로를 바라보는 하나로
우리는 행복했다

누가 먼저라고
손짓을 하지 않아도
함께 있다는 이유로 좋았다

짧은 입맞춤으로
우린 하루를 마무리했다

집으로 돌아와서
눈 감아도 떠오르는 것은
그에 근사한 미소뿐 이였다.

황후가 꿈꾸는 세상

모든 걸 다 해주고
온종일 곁을 지키며
가장 훌륭한 왕으로 그를
존중해 주고 싶다

맛있는 음식을 주고
고운 옷을 입혀주고
손과 발이 되어
최고로 만들어 주고 싶다

애절하게 그리워하다
혼자 상심에 빠져 우울하다
장작불에 타오르는 듯
강렬한 열정으로

황후가 꿈꾸는 세상이다.

풍경소리

하얀 밤을 지새우며
당신 생각으로 수를 놓고

깊어지는 밤을 지새우며
당신 향기로 물 드렸습니다

밤이 이렇게 긴 줄
오늘 처음 알았습니다

홀연히 멀어지는 그대
뒷모습이 자꾸 떠올라

눈을 감아 버리면
내일이 오지 않을 거 같아

몸부림치며 보낸 시간에도
새벽은 찾아왔습니다

새벽 풍경소리와 함께.

오늘 처음인 것처럼

다시 시작하는 오늘
늘 감사함으로
오늘을 맞이합니다

처음 만난 사람처럼
새로운 기분으로
서로를 마주 보며
오늘을 살아갑니다

늘 처음인 것처럼
나는 당신에게
봄날 처음 피는 꽃처럼
수줍은 듯 향기로운
오늘을 주고 싶습니다.

나를 기다려주는 사람

오랜 시간이 흘러
대지 위에 어둠이 찾아오고
시간이 흘렀지만
그의 소리는 따뜻하다

썰물 같은 생각들이
머리를 휩쓸고 가지만
레일을 벗어나지 않고
향기로운 숲처럼 편안하다

얼마나 시간이 흘러갔을까?

한참이 지난 뒤에
미안한 마음에 다가서는
내 마음을 감싸주며
나를 기다려주는 사람

밝아오는 여명처럼
외로운 내 마음에
오늘 신비롭게 다가와
향기로운 빛이 되어 주었다.

보고 싶은 당신

뉘엿뉘엿 저녁노을 질 때
저 산 너머 메아리 소리와
목 메이게 기다려지는 당신
전화기만 애타게 바라본다.

아주 오랜 시간이 흐른 뒤에
혹시나 알아보지 못할까 봐
낡은 사진 보고 또 보고

이름 석자에 가슴이 뭉클
두근두근 심장이 타 오른다
사춘기 소녀도 아니 건만은

하얀 밤 지새우며 새벽이 오기 전
멋스러운 당신의 소리를
단 한 번만이라도 들었으면
너무나 보고 싶은 당신.

너에게 꽃이 되고 싶다

하루 종일 너를 기다렸어
잎새 흔들리는 소리에
혹시 너에 소식이 들릴까 봐
행여 하는 마음에
핸드폰만 만지작 거리며
너를 기다리며 추억하고
화사하고 아름답지 않아도
사연 많은 들꽃이지만
너에게 나는 꽃이 되고 싶었다

나만 보면 좋겠어

괜찮다고 했는데
거짓말이었어
안 아프다 했는데
그것도 거짓말이었어

나만 보면 좋겠어

잠이 안 와

무심코 보게 된 카톡
아무것도 아닌데
괜히 신경 쓰이고
잠이 오질 않아 뒤척인다

며칠 바빠서 연락 못해
말을 했을 뿐인데
막힐 듯 목이 메어와
눈물이 두 볼을 타고 흐른다

뭐라고 한 것도 아니고
이별을 말한 것도 아닌데
한쪽 가슴이 아프고
아무것도 할 수가 없는 밤

그렇게 긴 밤이 지나고
따스한 아침 햇살이
눈부시게 맞이 할 때
낯익은 전화벨 소리가 반갑다

미안해 아프게 해서
아니야 내가 미안했었어

우린 하나잖아

당신 멀리 가서
나는 말이야
많이 보고 싶었어

당신 멀리 가서
당신도 말이야
나 많이 보고 싶었지

우린 늘 같이 있잖아
멀리 있어도 말이야

당신과 나는
그리움도 아픔도
보고픔도 하나잖아

너무 늦진 말아 달라고

오랫동안 머물러도
산 아래 쉼터는
정상이 될 수 없음을
처음부터 알고 있었지

거친 호흡으로
산 중턱을 올라
아득한 길의 흐름 속에
깊어진 그리움을 노래한다

오르는 순간부터
정상 메아리 소리가
울리는 순간까지
뜨거웠던 추억을 헤매다

더 늦기 전에
이제는 말하고 싶다
그리움 가득 채워
너무 늦지 말아 달라고.

꽃향기보다 좋은 당신 냄새

어둠이 깔리는 저녁
저녁노을 붉게 타오를 때
심장은 요동치고
코끝을 찡하게 하는 향기가 있다

쏟아지는 여름 태양 빛처럼
마음을 설레게 하는
땀의 기에 취해
산마루 중턱을 숨 가쁘게 오른다

호흡하는 코끝으로
짙게 뿜어내는
담배 향기마저도
그리움이 배고픈 여인의 오르가슴

초원에 등 대고 누워
하늘을 바라보듯
싫증 나지 않는 냄새
꽃향기보다 좋은 당신 냄새이다.

꽃잎 하나

날갯짓하듯
나풀거리는 갈잎에
여린 소녀는
수줍은 미소를 띤다

가냘파 보이지만
마지막 남은 몸짓에
애절한 표현이
아름답고 애잔해 보인다

하나가 되어
잎이 돋아 꽃 피운 자리
꽃잎 하나 남는 순간까지
정결한 모습을 닮고 싶다.

내 님 목소리가 귀에서 들려

가을꽃 핀 갠 하늘에
오솔길 거닐며
종달새 노랫소리
푸른 줄기마다 적시네

길섶 살살이꽃
너울너울 춤추고
내 가슴 설레는
낯익은 목소리에 취해본다

파란 하늘에 그리움
함께 담아 수놓고
꽃구름 따라 흘러가
비꽃 맞이할 준비 해야지

그루잠 깊지 않아
눈을 감아도
내 귓가에 종달새 노랫소리는
그리운 내 님 소리였구나!

비를 좋아하는 그 사람

스치는 비바람에
몸을 맡기고
아침 출근길
나그네 같은 길을 떠난다

교정에 나풀대며
꽃자루 따라
분홍빛 가을비가
푸른 줄기를 적시어 주고

길섶에 함초롬한 잎새
윤슬 같은 모습이
비를 좋아하는 그 사람
그 모습을 닮았어라.

내일이면 그대 찾아오겠지

서로를 잊은 듯이
바쁘게 살아가고 있지만
내 마음엔 하나뿐인
내일이면 그대 찾아오겠지

그대를 담고
오랜 기다림 속에
우리만의 세상을 꿈꾸며
당신을 따라가야지

외로운 날엔
심장 곁에서 맴돌아
눈물 없이
한없이 울어야 했지

귓가에 맴도는
정겨운 그대 목소리
세월의 웃음 지으며
내일이면 그대 찾아오겠지.

수신인이 없는 편지

너를 만나지도 못하면서
매일 매일 편지를 쓴다.
수신인이 없는 편지
내 마음이 그대에게 전달만 되어도
세상을 다 가진 듯 행복하다.

감기

손등이 시려
감추질 못하고 부끄러워

밖을 향해
소리치며 울고 있다

이유 없이 가슴에 묻혀
깊이도 모른 채
침몰의 위기가 오고

온몸으로 열기가 올라
숨쉬기 힘들만큼
견디기 힘든 감기가 왔다.

의학적 처방으로
치료가 불가능한 위급함에
너울져 흔들리고

목이 쉬도록
너를 불러보고
마음을 메워 달래본다.

돌아온 일출봉

하나 남은 마지막 잎새
그리움이 몸부림칠 때
따뜻한 체온으로
내게 다가오는 심장 소리

긴 어둠의 여정을 풀고
내 가슴에 운명처럼
새 생명을 불러오며
붉게 타오르며 다가온다

허허벌판 찬 바람도
잊은 지 오래 되어버렸다

가까이 다가올수록
사랑의 열정으로
심장 중앙 깊숙이
붉게 선홍빛으로 물들인다

아침이 밝아온다
돌아온 일출봉은
마지막 잎새에 몸부림에
영혼을 불태워 버렸다.

나는 너에게

나는 너에게
곁에 있어 편안한 사람
부담 없이 다가올 수 있는
그런 사람으로 살아가고 싶다

나는 너에게
설레는 마음으로 가슴이 뛰고
바라보는 한순간이
좋은 사람보다는
정겹고 오래 볼 수 있었으면 좋겠다

나는 너에게
지친 하루 부드러운 미소로
허물없이 대화를 나눌 수 있는
그런 사람으로 살아가고 싶다

나는 너에게
내가 싫어할까 눈치 보거나
못 해주면 어색한 사이가 아닌
속마음 편하게 말할 수 있는
그런 사람으로 살아가고 싶다

나는 너에게
언제 어떤 모습으로 다가와도
편안하게 안아주고 받아주는
그런 사람으로 살아가고 싶다

내가 사는 이곳이 지상낙원

식전부터 열무 담아
동서랑 나눠 먹으며
낭성 작은 텃밭엔 쌈 채소가 가득
사계절 내내 꽃이 피는 이곳

아이들 웃음소리가
음악회를 거듭나게 하고
유학비 팔천 불 송금하고 나니
세상을 다 가진 듯 기쁘다

내 열심히 일하는 즐거움에
자식들 밝게 꿈을 꾸고
그리운 목소리 한 아름 듣고 나니
내 사는 이곳이 바로 지상낙원 일세.

특별난 사람은 없는 거야

특별난 사람은 없는 거야

뒤돌아보면
비가 오면 비를 피하고
바람 불면 옷깃을 여미고
외롭고 힘들고 기쁜 마음은
누구나 똑같더라

아무리 잘 나 보여도
아무리 많은 것을 가져도

인생의 끝은 다 똑같더라.

원망도 서러움도 내 몫입니다

우리는 천년을 살 것처럼
움켜주고 살아갑니다

잡으려고 해도 잡히지 않는
세월을 따라가려고
약한 사람으로 방패 삼아
험한 사연을 만들어 갑니다

세상 누구보다
내가 제일 옳은 거처럼
육신을 괴롭히고 살아갑니다

짜증 나고 부정적인 이유는
자신을 괴롭히기 때문입니다

기쁨의 순간 이별의 순간도
바람처럼 스쳐 갑니다

추운 겨울이 떠나고

햇살 좋은 봄이 오는 것처럼
돌아가는 자연 이치인 것을
원망도 서러움도 내 몫입니다

길 떠나는 나그네 인생
내 옆 동무 없었다면
얼마나 외로운 인생이었을까
인연에 대한 감사함으로

대대손손 후손에게
하나라도 더 주고 싶은 마음

아끼는 마음이라 착각을 하지만
사라진 후엔 흔적조차 없음을

명예 권력 돈 전부는 아닙니다
타인을 사랑하는 따뜻한 마음
어른을 존중하는 어진 품성
인연의 소중함이 제일 중요합니다

흘러가는 구름처럼
마음의 욕심 내려놓고
감사함에 사는 것이
최고의 행복을 만끽하는 길입니다.

하나를 베풀면 열 개의 기쁨이 되는 삶

기쁨으로 하루를 시작하고
활기찬 나의 시간을
내 가슴에 그리며 담고
즐거움으로 채워 보내라

어렵고 힘든 사람을 위해
마음의 진심을 나눠주고
밝은 미소로 화답하는 삶은
부메랑이 되어 돌아온다

적을 만들지 말고
나 자신을 믿고 사랑하며
모든 사람의 축복을
기도하며 사는 삶이 행복하다

힘이 들면 감사함을 갖고
고달프면 고마운 마음으로
온 힘을 다하여 기도 하라
믿음은 나를 성공시킨다

계획하고 실천을 하며
꿈을 크게 가지고
과거에 얽매이지 말고
현실에 최선을 다하고 살자

베풀고 배려하는 깊은 마음은
커다란 기쁨이 되어 다가온다
진실된 마음으로
베풀고 살아감이 중요하다

투정을 하지 말고
넓은 마음으로 손해를 봐라
정겨운 모습으로
내게 복이 찾아오게 된다

사소한 약속이라도
약속은 꼭 지키는 믿음으로
자신을 소중히 생각해야
남들도 나를 존중해 준다

신나는 노래를 듣고
리듬에 맞춰 춤을 춰봐라
우울한 노랫소리는
나 자신을 슬프게 만든다

한 가지 소망을 가지고
하루에 시작함에 감사하며
진심으로 나누어 주고 베풀며
사랑하는 마음으로 살아가자

예쁜 말을 하고 살아가며
예쁜 행동을 하고 살며
내가 가꾸는 고운 뜨락에
예쁘고 향기로운 꽃이 피어난다.

콩나물시루같이

물밀 듯이 밀려오는
애잔한 손길로
생채기 나지 않을까
노심초사 밤을 지새우네

답답한 일상 속에
실오라기 같은
꿈을 안고 살아가며
계절에 변화조차 못 느끼고

옹기종기 모여
재잘대는 모습에
지친 어깨조차
툭 내려놓고 가는 구나

콩나물시루같이
부대끼며 살아가도
내 새끼 품고
살아갈 때가 좋더이다.

쉼터

쉼터는 늘 쉼터인 줄 알았다
오랜 기다림에
지칠 줄 모르고
허전한 마음 홀로 달래며
스치는 뭇사람들
웃는 모습에 위안이 되고
갈대숲 흐느끼며
쓰라린 가슴 아파와도
쉼터는 아무 말을 하지 않는다
오랜 그루터기
둥지에 보금자리 삼아
쉬어가는 사람
마음을 웃게 해주는 쉼터
잔잔한 호수처럼
잘 익은 홍시처럼
황금들녘 외로워도
쉼터는 처음부터 쉼터인 줄 알고
만족을 하고
오늘을 살아간다
세월이 흐르고 흘러
비껴가는 바람에
세찬 폭풍우에

고풍적인 미적 아름다움에
정자였다는 사실을
쉼터는 잊은 건 아닐까?

여자의 일생

내장이 빠질 듯
온몸이 타들어 가는
고통까지도
너의 슴에 잊고 말았어

체온계를 손에 잡고
하얀 밤을 지새우며
태산 같은 걱정에
조이는 가슴에 흘린 눈물

모진 시집살이에도
거친 호통 소리 참아내며
웃는 너를 보며
삼키며 달래곤 했었지

손마디가 주름이 지고
휘어진 허리 자락 움켜쥐며
동구밖에 달려오며
품에 안기는 내 손자 이쁘구나.

모기장의 설움

밤낮 애지중지
사랑스럽다 어루만지고
두 팔을 벌려주면
네가 있어 살 수 있다 했는데

매미의 주곡이
끝날 무렵
모세혈관 미세한 부분까지
좁은 구멍에 바람이 차네

사랑은 변해 가고
내 몸은 지쳐가는데
몸을 툴툴 털어
암흑 같은 좁은 방에 넣어버린다

터질 거 같은 숨 막힘
그리운 열정의 사내
그토록 사랑해 주었는데
다시 1년을 기다려야 되겠구나.

태풍

파도에 휩쓸려
연안부두로 피항
어선과 여객선이 모두
바닷길이 막혀 버렸다

한반도 대륙을
삼켜 버릴듯한 모습
웅장하다 못해
장엄한 회오리가 몰아친다

강렬한 모습으로
여객실에 올라서
흔들리는 뱃머리에서
운항을 전면 통제시킨다

바닷길을 막아 버리고
온몸을 던지며
다음 목표 지점을 향해
태풍 솔릭이 왔다 조심해라

머루 덩굴

여름내 가득 채운 푸른빛
흙바람을 몰고 와
긴 팔 기지개 켜며
검붉은 입술로 유혹을 한다

잎새 떨어내지 못한 채
두 팔을 들고
아우성치고 있지만
두 다리를 휘감아 오르고 있다

멈추면 놓칠 거 같고
달려오는 바람에
안간힘을 쓰며
나무 끝자락에 두 팔을 뻗어본다

쉼터 지붕 위에
덩굴을 입고 뽐내며
긴 여름 기다렸다며
두 손을 꼭 잡아 포옹해 줍니다.

식지 않는 커피

시들은 꽃잎처럼
지쳐가던 어느 날
코끝을 찡하게 했던 향기
설렘을 안고 마음 주네

부드러운 모습에
따뜻함이 남아 있는
내 손길 닿을 때마다
익숙하게 받아주는 느낌

내게 다가오는 느낌이
하나의 그림처럼
언제라도 찾아오면
내 품에 맞아 주리느라

시간이 많이 흐르고 흘러
함께 하는 당신과
따뜻한 커피에 온기는
수백 년이 흘러도 식지 않는다.

고민과 생각은 짧게

길을 걷다 보면
돌부리에 걸리기도 하고
헛발을 디디기도 하고
때론 가파른 언덕을 오르기도 한다.

이 길을 어떻게 걸어야 할까?
걱정하는 시간에
조금 더 안전하게 가는 법을
깨닫는 것이 중요하다

머릿속에 생각이 많아지면
수많은 인파 속에 묻혀있는
발밑의 미 한 마리처럼
어디로 가야 할지 방황을 하게 된다

삶의 길을 걸으면서
가장 지혜롭고 현명한 길은
고민과 생각을 하는 것이 아니라
현실에 만족하고 적응하는 것이다

물레

한 가닥의 인생길
풋풋한 어린 나이에
책임감 하나로
여러 가닥의 실을 감아올린다

마음 가득 채운 실타래
가슴으로 품은 돌기 인생
일이 많아질수록
흐뭇한 미소로 감싸주며 간다

고운 비단실 물레를
바라보고 있노라면
내 인생의 절반이
물레 곁의 씨아를 보는 듯하다.

꼬두람이

작은 점 하나가
몽실몽실 커가더니
닮은 모습에
사랑스러움이 깊어 간다

웃고 우는 모습
달래서 보듬어 안고
미안함에
숨긴 눈물을 감추려 한다

밤새 앓고 누워도
어린 꼬두람이
잘 키워보겠다고
안간힘 쓰며 절벽에 오른다

잘 구워진 빵 한 조각
내 입에 물려주고
좋아라.웃는 녀석
폭우 같은 눈물에 감사한다.

인생

세상을 알고 태어났더냐
내 부모 형제와
인연이 닿을 줄 아무도 모르고
큰소리 내어 보니 세상 이드라

내 잘나 사는 게 아니거늘
내 못나 못 사는 게 아니거늘
누구를 원망하리 내 인생을
겁 없이 가는 청춘은 기울어 간다

부질없는 욕심 바람에 싣고
탐욕도 시기도 질투도 마라
어차피 물 흐르듯
내 육신도 함께 떠나는 인생

억만장자 갑질을 해도
떠날 땐 하나 못 가지고 가드라
살아생전 나누고 살다
북만산천 가는 길 웃어나 보세

일이 안 된다 걱정 말아라
이 시간도 금방 지나고
내가 즐거우면 짧은 시간이요
내가 괴로우면 긴 시간이 테니

남의 잘못은 큰 흉이 되고
내 잘못은 용서가 되느니
누가 그런 법을 정해 놓았더냐
손해 보는 게 남는 인생 길

소리 없이 스치는 바람처럼
내 영혼에 즐거움으로
꼬여진 매듭 풀어헤치고
손잡고 갑시다 요단강 친구여.

청심환 한 알

짙은 어둠이 색을 입히고
고요함마저 잠든 새벽
누군가 뒤따라오듯
힘이 빠지고 다리가 안 움직인다

정해진 시간은
점점 숨을 조여 오는데
머리가 하얗게
아무런 기억조차 없다

무대에 오르는 순간
수십 명이 수천 명이 되고
기억이 전부
전멸되어 희미해지는 순간이다

아찔하던 순간도
돌아보고 싶지 않은 순간
너무 재미있었어요
청심환 한 알이 재주를 부렸구나!

독이 될 수 있는 관심

가까스로 잡는 모습이
안쓰러워 애가 타
서로의 생각의 깊이를
조금만 이해했으면 말을 합니다

어쩌면 이미
지금 말하고 있는 현실을
다 해보고 지쳐서
내려놓는다는 것을 알면서

꽃이 활짝 필 수 있도록
하루 세 번 물을 주면
뿌리는 결국 썩는다는 것을
우리 일상에서 깨우치게 됩니다

서로의 복을 위해
좋은 마음으로 했던 말이
지나친 관심이 되면
독이 되어 돌아온다는 것을.

눈물이 말하는 이야기

숨이 멈출 거 같다
온몸에 힘이 빠지고
눈물은 알고 있듯
속사이듯 다독여 준다

괜찮다고 정말 괜찮다고
마음 편하게 해 주려고
날 위로하지만
나는 이미 알고 있다

속이 상해서 아플 때
서운해서 가슴 칠 때
언제나 내 곁에서
함께 해주는 좋은 친구

저녁 시간이 길었다
묵직한 돌덩이가 가슴을
꽉 누르고 있었지만
금세 편안해졌다

눈물이 하는 이야기 속엔
내 삶이 담긴 추억과
우리들의 꿈의 이야기가
비밀 속에 숨어 있다.

아름다운 동행

짙은 어둠은 사라지고
작은 향기 담고
아침 데이트 시간

따뜻한 차 한잔에
창문을 향해 말을 건넵니다

밤새
고마웠어
우릴
지켜주느라 춥진 않았니

마른 잎에
둥지를 틀어버린
이슬이에게 묻습니다

괜찮았어
흔들리는 바람소리에
놀라진 않았니

모과 향 가득한
샛노란 빛 향기로
지어 보이는 미소가 예쁩니다

세상이 담고 있는 자태
그 속에 자연의 정겨움이
가장 아름다운 삶이라네.

잎이 진다

잎이 진다
흩날리는 잎새처럼
나도 지고 있다
긴 세월을 보듬고

가슴 시린 시간도
뿌연 안갯속으로
눈물이 심장을 누르던 날
애태웠던 그리움까지도

잎이 진다
떨어지는 잎새처럼
나도 지고 있다
긴 세월 묻혀 살며

서러운 마음도
내 복이려니 하고
외로운 가슴에
푸르른 청송을 담고 간다.

어둠에 동반자

칠흑 같은 밤
흐르는 물소리에
귀를 기울여
길을 걷는다

장애물의
힘에 못 이겨
쓰러지고
다시 몸을 일으켜 세운다

시커먼 세상에도
가을은 찾아온다

살갗으로 느끼고
소리로 들리는
아름다운 천국
어둠의 동반자이다.

아침 햇살은 나를 발효 시킨다

복잡한 일상을
작은 컵에 담아 마신다
어제의 일은
까마득히 잊은 채
눈부시게 아름다운 빛은
내 눈에 키스해준다
뜨거운 열정으로
온몸을 타고 떠오른다
매일 아침 그렇게
너의 목소리가 들린다
작은 컵에 담아낸
너에 호흡과 붉은 입술은
나를 점점
발효시키고 있다
어제 일도 잊고
오늘을 살 수 있도록
내 몸 구석구석을
환하게 뜨겁게 달구어
아침 햇살은
나를 발효 시킨다.

빗줄기에 익어가는 가을

고요한 새벽 아침
가을을 품고
인생의 중간지점에서
노래를 부른다

적막을 깨우고
가슴속에 붉은 꽃향기 채워
샛노란 소식으로
점점 익숙해져 간다

잎이 떨어지는 소리에
새침해지고
밝아오는 햇살에
부끄러운 듯 살갗을 감추지만

연한 모닝커피 한잔
못다 쓴 시 한 편
내리는 빗줄기에
가을은 익어가고 있다.

생일 미역국이 식어간다

지그시 눈을 감고
가슴을 다독이며
미안한 마음 한편에
촛불을 켜는 여인

따끈한 미역국
식지 않기를
두 손에 꼭 부여잡고
메이는 가슴 쓸어내리네

차가운 바람에
요단강 건너
두 발이 시려올까
두꺼운 양말도 준비하고

자유로운 세상에서
죗값은 내게 주고
잘 살아 달라고
원망마저 잊고 살아온 세월

햇빛 한 모금 삼키며
두 뺨으로 흐르는 사연
영혼의 안쓰러움에
생일 미역국이 식어가고 있다.

내 아버지

감꽃이 필 무렵
보리타작을 하시고
긴 숨 몰아쉬며
석 고개 언덕마루에서

얼기설기 볏짚 엮은
마늘 석전 등에 지고
덥석 걷어쥔 소맷부리
훔치시는 내 아버지

맏물이라고 아껴둔
새빨간 고추 한 자루 들어다
친지들 나눠주시고
헛기침에 어깨 들썩이시고

철없는 오 남매
재잘대는 노랫소리에
손마디가 닳도록 힘겨워도
환한 미소 짓던 내 아버지.

다행이라 생각하면 기쁨입니다

속이 터질 듯이
바라만 보고 있어도
답답할 때가 있어
내가 이 녀석을 왜 낳았지

늦은 밤 술에 취해
귀가해서 횡설수설
하고 싶은 이야기가 뭔지
가슴은 숯이 되어가고

서로 다른 곳을 보고 있어
가슴이 답답하고
아파서 시리게 하지만
다행이라 생각하면 행복입니다

내 기준의 잣대에
맞추려 하지 말고
늦어도 집에는 와주었구나
다행이라 생각하면 기쁨입니다

시간 속에 흔적

시간이 나를 데리고 간다
어디로 가는 걸까?
지쳐 쓰러질 만큼 힘들 때도
지금처럼 행복할 때도
시간은 쉼 없이 어디론가 간다

소식이 끊어졌던
선배님께 연락이 왔다

작년 이맘때
하늘나라로 소풍 가셨다고

시간은
내게 고마움과 감사함
때론 이렇듯
가슴이 막히는 듯한 소식도 준다

푸념 없이
세상을 아름답게 보고
마음껏 사랑하고
즐겁게 살며 따라가련다.

세월 속에
또 다른 새로운 모습의 나
시간과 함께 만들어 간다.

아내

가시 집 고명딸 안아다
호강시켜주지는 못하고
맘고생만 언 삼십 년
사랑하는 내 아내 미안하구먼

버들강아지 한들한들
풀피리 불어올 때
고왔던 손은 주름이 지고
수줍은 새색시는 어디로 갔나

살다 보니 다 그렇더라
해주고 싶어도 못 해주고
맘대로 안되는 인생길
가시버시 내 동반자 감사하이

삶의 흔적 육신에 거울 비춰
끝자락 내 가는 길
석양에 동 타오르듯
환한 아내 모습을 사랑합니다.

이별

아주 오랜 시간
내게 머물렀던 시간들은
물거품처럼 흔적만 남고
미안하다는 말 한마디
아쉬움만 남기고 떠나갔지

영원할 줄만 알았던 순간들
다시 태어나도 나를 만나겠다고
혼자는 두지 않겠다던 그 말
거짓말이 되어 버린 지금은
시린 가슴에 여울이 되어버렸어

문을 열고 웃으며
모두 다 꿈인 양 들어올 거 같다
보고플 땐 어떻게 해야 되는지
아직도 사랑하는 마음 그대로인데
하루만 시간을 내게 주지 그랬어.

어머니라는 당신 이름

긴 숲길을 거닐다
숨이 차오르면
기억을 더듬어가며
생각나는 사람이 있습니다

익숙해진 냄새
귀에 익은 정겨운 소리
기쁠 때나 슬플 때나
늘 내 편이 되어주는 한 사람

일흔 다섯 다섯 고개를 넘어
다리 뻗어 잠 못 이루고
걱정 근심 양손에 쥐고
험한 길 마다 안 하시던 모습

세월과 떠나는 길에
닮아가는 내 모습에
너울진 그리움을 채워
당신 이름을 불러 봅니다

곰삭은 애정의 손길
작달막한 체구로
망가진 시계 분침 같아도
자식 입맛 챙겨주시는 내 어머니.

젓갈이 배추를 만났을 때

기다란 홈드레스
치맛자락에
꽃봉오리처럼
볼록한 가슴이 매혹적이다

숨을 몰아쉬며
잘록한 허리를 휘어잡고
젓갈은 위아래로
야릇한 유혹을 해본다

뜯어진 치맛자락에
입맞춤을 하고
수줍은 여인은
다리 꼬며 배시시 웃는다

작은 신혼 방에
창호지 문틈 사이로
바람 샐라 두려운 모습에도
젓갈과 배추는 하나가 된다.

제목 : 젓갈이 배추를 만났을 때
시낭송 : 김지원
스마트폰으로 QR 코드를 스캔하면
시낭송을 감상할 수 있습니다.

내 인생이 가는 길

거센 바람에 꽃잎이 흩어지고
터질듯한 꽃봉오리가
시들어 고개를 숙이지만
지는 순간까지 아름다워지고 싶다

꾸미지 않아도 예쁘고
챙겨주지 않아도 설레던
그 순간이 길지는 않지만
마지막 순간까지 사랑받고 싶다

살다 보면 어찌 되겠지
앞일은 아무도 몰라
라고 흔히 말을 한다

그러나
본인은 알고 있다
내 인생이 어떻게 될지 말이다

우리에게 주어진 시간은
짧기만 하지만
꿈을 현실화시키고
내 사람 존중하고 감싸준다면

인생은 꿈꾸는 뜨락

작은 텃밭에 열매를 맺을 테니까.

지나간 바람에 향기

비에 젖은 가슴이
복받쳐 올라
금방이라도
터질 거 같은
무거운 눈망울을
흘러내린다

귓가에 들리는
노랫소리까지도
이리 서러울 수 있을까?

만져볼 수 없는
시간을 재촉하며
기다렸는데
말문이 닫혀 버렸다

웃는 방법을 잊고
멍하니 벽만 바라보다
내일을 바라본다.

아팠던 시간도
서러웠던 기억도
그리웠던 순간도

내일이 찾아오면
언제 그랬냐는 듯
지나간 바람에
향기를 느끼겠지.

꽃등심이 호흡할 때

횡성 한우마을
큰길가를 따라
한참을 걷다 보니
아담한 기와촌이 보인다

기와촌 입구에서
풍기는 토속적인 미풍
안으로 들어서자
심장이 멈출 듯 회오리 친다

연분홍빛 살갗으로
윤기 흐르는
물광 피부를 가지고
섹시한 자태로 유혹하는 여인

그 순간은
아무것도 보이지 않는다

두 손으로 번쩍 들어
촉촉한 물기가 흐르는
입술에 대는 순간
내 육신은 녹아내리는 기분이다

목젖을 타고 내리는
물줄기에 짜릿함
꽃 등심은
호흡할 때가 가장 매력이 있다.

바다는 하늘에 숙성되어간다

까마득히 아득한 시간
정처 없이 물 흐르듯
오랜 기다림은
숙성되어 간다

푸른 옷깃 날갯짓하며
갈매기를 벗 삼아
애닯은 마음 숨긴 채
편안한 쉼터를 준다

태풍이 몰아치던 날
바라만 보는 그대 모습
서운하고 미운 마음에
한숨에 큰 바위를 날려버린다

늘 외로웠지만
수평선 끝 가로지르며
그리워할 수 있는
바다는 하늘에 숙성되어 간다.

흐르는 시간을 애무하다

세찬 바람의
노랫소리가
젖은 어둠을 잠 깨우는
일요일 아침

허물 벗어놓은 듯
온몸을 움츠리며
침대 끝자락
꽉 안고 놓지 못한다

상념의 시간 속에
짜릿한 순간
조금만 더
허락되길 갈구한다

육신을 휘감은 충동
잊은 줄 알았는데
거친 숨소리에
오르가슴 한 자락

몸을 태워 녹이며
숨어버린 성욕이
다시 돌아오는 순간
흐르는 시간은 애무를 한다.

그 한마디

바람에 녹아내리는
빗물이 아름다운 밤
귀 익은 알림 소리
반가운 소식이다

하루를 묻고
서로 위로를 해주고
세상 사는 이야기도
줄줄 써 내려간다

지루할까 봐
마음을 던져보았는데
투명한 빈 바닥에
소식이 끊어졌다

기분 나쁜 내용이었나
실수를 했나
시간이 흐를수록
죄인이 되어간다

하얀 마음 담아
글로 표현했을 뿐인데
충분히 오해도
할 수 있었을 거다

숨이 차오른다
미안한 마음에
기다려도 소식은 없고
잘 자라고 한마디 해주지.

아메리카노

등심 육즙이
내장을 타고 들어가
속은 느끼하고
집으로 돌아오는 길

갈대밭 사이로
은은히 풍기는
연한 향기에 매혹되듯
발걸음을 재촉한다

한참 걷다 보니
하얀 벽돌에 작은 카페
서양 분위기에
검은 피부톤의 아가씨

첫눈에 반했다
가까이 다가올수록
짙은 향기에
살포시 입술을 대어 본다

처음 느끼는
이슬 같은 청량감
깊숙이 빠져들수록
아메리카노 너 매력 있구나.

최고의 여인

밤을 지새우며
표정을 연기하고
뜨거운 열기를 토해내며
무대 위에 오른다

레드카펫 위에
화려한 막이 오르고
화사한 드레스로
관객을 사로잡는다

살을 빚던 봄을 담아
샛노란 비키니에
징검다리 건너듯
막바지 몸부림을 친다

낙엽을 말아 올리듯
한 올 한 올 벗어 버리고
기다란 팔과 다리에
섹시함을 연출하는 순간

관중들의 함성
가을꽃 축제장의 열기에
겨울나무의 현란한 몸짓은
최고의 여인이었다.

등단

뒷방 쓰레기통에
쓰다 구겨진 흔적
산더미처럼 쌓여가고
덥수룩한 옷차림이 남루하다

어제 먹은 밥그릇이
뒹굴어 다니고
석 달 면도조차 못하고
텅 빈 머릿속과 전쟁 중이다

한 소절만 떠오르면
좋을 듯싶은데
문장을 창작해 내면
어금니 빠진 치아 같다

울리는 전화벨 소리에
짜증이 밀려오는데
시인님 등단을 축하드립니다
꿈이 현실이 되는 순간이다.

셀카 놀이

야무지게 다가와
초롱초롱한 눈빛으로
정면을 향해 손짓하니
고개를 획 돌린다

만화영화 루피처럼
긴 막대처럼 기다란 팔로
번쩍 들어 놓고
익숙한 몸짓으로 포옹을 한다

머릿속에 꽉 찬 정보들이
떼굴떼굴 구르다가
수십 번은 올리고 내리고
매력에 반해 버렸다

뽀얀 속살을 드러내며
턱선과 라인을 잡아주고
작은 키도 기다랗게
와 너무 잘 나왔어.

비가 왔으면

새벽이슬 머금고
이슬 맺힌 잎새에도
가을은 찾아오는데
비 소식은 언제 오려나

애타게 그리워하는
내 임은 멀리 있고
기쁨으로 맞이할 수 있는
그날이 언제 오려나

가슴에 흐느낌 마저
잘 되길 기도하며
간절한 그리움마저
휘감는 애달픔 고개 숙이네

언젠가 꽃비가 내리듯
반가운 모습으로
내 임 품에 안기는
그날이 찾아오리라.

초인종

한낮 무더위에도
눈보라가 치는 날에도
늘 그러했다

몸서리치게 아픈 날
동네 꼬마 녀석이
내 배꼽을 누르고
한바탕 웃음을 자아낸다

건장한 사내가
버럭 화를 내지만
해맑은 소녀에
손길에는 비 마중 나간다

한결같은 마음으로
한 사람을 지키는 길
배꼽이 너덜댄다 해도
내가 사랑하며 책임지는 길이다.

민들레

여린 몸짓으로
지친듯한 말 한마디
귀 기울임이
필요한 시기에 시든 아이

흐느끼는 눈빛으로
하얀 입김을 불어
애절하게 표현하지만
어머니는 막무가내 시다

대학입시 논문
하루쯤은 잊어버리고
유혹하는 세상에서
홀씨 품어 하늘을 날고 싶다.

여물

긴 다리를 쭉 펴고
가을을 부르는 소리에
낮잠을 자고
갈색 등짐을 오르내린다

사람이 제일 무섭다고
누군가 그러더라
두 손으로 날쌔게 잡아
작두 아래로 밀어 성형을 한다

동네 친구들이
오늘은 쉬는 날 인가보다
짚 순이 콩순이 등겨
열기 솟는 사우나를 한다

온몸이 축 늘어지면
내 고향 여물 청과
눈시울 적시는 이별의 시간
꽃가마 타고 시집을 간다.

문학의 아버지

예술의 전당 시상식
북적이는 인파 속에
유난히 빛나는
정장 차림의 모습은 연예인

긴 꼬리 머리가
매혹적인 자태를 뽐내며
경쾌한 듯 미소 짓는
문학의 아버지

영혼을 속삭이는
글을 창작하시며
시인들의 간절한 마음을 읽고
시인들의 한도 그려주네

음악의 아버지가
바흐라 부른다
시인을 위해 꿈을 연주하는
이분은 문학의 아버지 시다.

여름 끝자락

혀끝이 타올라
얼음물 삼켜 목젖을
간신히 타고
명치끝에 머물다 갈 곳을 잃는다.

말이 나오질 않고
헐떡이며 내뱉는 호흡조차
식은땀이 흘러
머릿속 뿌리를 적신다

널 떠나보내면
이 세상에 무슨 의미로
살아갈 희망조차 없어
참나무에 붙은 매미는 안간힘을 쓴다.

초련

옛살비 자드락 길
다리품 팔아 흐노니
온새미로 초련이여

꽃구름 사이로 비꽃이 내려
물비늘에 그루잠 깨고
헤벌심 곱디곱구나

장군봉 우듬지 잎새
사그랑이 되어 한숨 지고
뫼 비둘기 애가 타는구나

개골창 가장이도
윤슬에 가람봄찬 가득하고
늘품에 그린내여
또바기 달보드레하다

너는 늘 그랬다

너는 늘 그랬다
아무렇지도 않은 척
냉정하게 돌아서서
그렇게 홀연히 떠나가 버렸다

흔들리는 갈대에 흐느낌처럼
너는 은은하고 따뜻한 눈빛으로
날 이해하고 감싸주고
온 힘을 다하는 척 사랑했다

끓는 용광로에 열기처럼
내 영혼까지 휘감아
너와 나는 사랑했는데
한순간 물거품처럼 사라진다

너는 늘 그랬다
미칠 듯이 사랑해놓고
후회 없이 떠나갔다가
아무 일도 없는 듯 다시 돌아왔다

색이 변해가는 잎새처럼
시간은 흐른다 해도
너를 채운 그리움 담아
꽃 피우는 내년을 기다려야지.

애절한 들꽃 사랑

임주영 시집

2019년 3월 4일 초판 1쇄
2019년 3월 8일 발행
지 은 이 : 임주영
펴 낸 이 : 김락호
디자인 편집 : 이은희
기 획 : 시사랑음악사랑
연 락 처 : 1899-1341
홈페이지 주소 : www.poemmusic.net
E-Mail : poemarts@hanmail.net

정가 : 10,000원
ISBN : 979-11-6284-097-9